La tercera expedición

✳ ✳ ✳

El marciano

Ray Bradbury

Ilustrado por Miguel Pang

Ediciones Ekaré

ÍNDICE

La tercera expedición

Abril 2000

La nave vino del espacio. Vino de las estrellas, y las negras velocidades, y los brillantes movimientos, y los silenciosos abismos del espacio.

Era una nave nueva; tenía fuego en sus entrañas y hombres en sus celdas de metal, y se movía con un silencio limpio, centelleante y cálido. En ella viajaban diecisiete hombres, incluyendo un capitán. En la pista de Ohio la muchedumbre había gritado y agitado sus manos hacia la luz del sol, y el cohete había brotado en grandiosas flores de calor y color y huido al espacio ¡en el *tercer* viaje a Marte!

Ahora desaceleraba con eficiencia metálica en las atmósferas superiores de Marte. Todavía era algo hermoso y fuerte. Había avanzado por las aguas de medianoche del espacio como un pálido leviatán marino, había dejado atrás la vieja Luna y se había lanzado dentro de una nada y otra nada. Los hombres en su interior habían sido golpeados y sacudidos, habían enfermado y sanado, uno detrás de otro. Un hombre había muerto, pero ahora los dieciséis restantes, con sus ojos abiertos y los rostros pegados a las gruesas escotillas, miraban a Marte oscilar bajo sus pies.

—¡Marte! —gritó el copiloto Lustig.

—¡El bueno y viejo Marte! —exclamó Samuel Hinkston, el arqueólogo.

—Bien —dijo el capitán John Black.

La nave aterrizó en un prado de hierba verde. Afuera, sobre el césped, había un venado de hierro. Más arriba, sobre el verde, había una alta casa victoriana color cobrizo; silenciosa a la luz del sol, recubierta de volutas y molduras rococó, con ventanales de vidrios de colores: azules y rosados y amarillos y verdes. En el porche tenía geranios y un viejo columpio colgado del techo que se balanceaba suavemente en la brisa: hacia atrás, hacia delante, hacia atrás, hacia delante. La casa estaba coronada por una cúpula con ventanas de vidrio emplomado y techo de caperuza. A través de una de las ventanas, se podía ver una partitura titulada *Beautiful Ohio* descansando en un atril.

Alrededor del cohete y en las cuatro direcciones

se extendía el pequeño pueblo, verde e inmóvil en la primavera marciana. Había casas blancas y otras de ladrillos rojos, y altos olmos meciéndose al viento, y altos arces y castaños de Indias. Y campanarios de iglesia con silenciosas campanas doradas.

Los hombres de la nave miraron hacia afuera y vieron todo aquello. Luego se miraron entre ellos y volvieron a mirar. Se aferraron los unos a los otros, de repente, como si no pudieran respirar. Sus rostros palidecieron.

—Demonios —susurró Lustig, frotándose la cara con los dedos entumecidos—. Demonios.

—No puede ser —dijo Samuel Hinkston.

—Dios mío —dijo el capitán John Black.

El químico intervino:

—Atmósfera enrarecida, señor. Pero hay suficiente oxígeno. Es segura.

—Entonces, saldremos —dijo Lustig.

—Espere —dijo el capitán John Black—. ¿Cómo sabemos qué es esto?

—Es un pueblo con un aire enrarecido pero respirable, señor.

—Y es un pueblo como los de la Tierra —dijo Hinkston, el arqueólogo—. Increíble. No puede ser, pero lo es.

El capitán John Black lo miró vagamente.

—Hinkston, ¿cree usted que dos civilizaciones de dos planetas pueden progresar al mismo tiempo y desarrollarse del mismo modo?

—Nunca lo habría dicho, señor.

El capitán Black se acercó a la escotilla.

—Miren allá. Los geranios. Son flores de cultivo doméstico. Esa variedad en concreto apenas se conoce en la Tierra desde hace cincuenta años. Piensen en los miles de años que las plantas tardan en evolucionar. Y entonces díganme si es lógico que los marcianos tengan: uno, ventanas con vidrieras; dos, cúpulas; tres, mecedoras en el porche; cuatro, un instrumento musical parecido a un piano que probablemente *es* un piano; y cinco, si observan de cerca a través de estos prismáticos, ¿tiene lógica que un compositor marciano haya compuesto una pieza titulada, curiosamente, *Beautiful Ohio*? ¡Eso querría decir que tenemos un río Ohio en Marte!

—¡Claro! —exclamó Hinkston—. ¡El capitán Williams!

—¿Qué?

—¡El capitán Williams y su tripulación! O Nathaniel York y su compañero. ¡Esa es la explicación!

—Eso no explica absolutamente nada. Hasta donde tenemos noticia, la expedición de York explotó el día que llegó a Marte, y él y su compañero murieron. En cuanto a Williams y sus tres hombres, su nave explotó al día siguiente de su llegada. Al menos, las señales de su radio cesaron en ese momento. De haber sobrevivido, habrían contactado con nosotros. Además, la expedición de York fue hace solo un año, y el capitán Williams y sus hombres llegaron el pasado agosto. Si especulamos con que estén vivos, ¿habrían podido construir un pueblo como este, aun con la ayuda de una brillante raza marciana, y *envejecerlo* en tan corto tiempo? Observen ese pueblo: como mínimo lleva ahí setenta años. Miren la madera de ese poste del porche; miren los árboles, ¡son todos centenarios! No, esto no es cosa de York ni de Williams. Es otro asunto y no me gusta. Y no voy a abandonar esta nave hasta saber qué es.

—Además —asintió Lustig—, Williams y sus hombres, y también York, aterrizaron en la *otra* cara de Marte. Nosotros fuimos muy cautelosos en aterrizar en *este* lado.

—Excelente observación. En el caso de que una tribu hostil de marcianos hubiera matado a York y Williams, teníamos instrucciones de aterrizar en una región apartada, para prevenir que ocurriera un desastre parecido. Por lo tanto aquí estamos, y por lo que sabemos, en un lugar que Williams y York nunca conocieron.

—Maldición —dijo Hinkston—. Yo quiero bajar a este pueblo, con su permiso, señor. Puede que sí existan pautas de pensamiento similares, patrones de civilización en cada planeta de nuestro sistema solar. ¡Puede que estemos en el umbral del mayor descubrimiento psicológico y metafísico de nuestra era!

—Yo quisiera esperar un momento —dijo el capitán John Black.

—Puede ser, señor, que estemos viendo un fenómeno que, por primera vez, pruebe la existencia de Dios definitivamente, señor.

—Hay muchas personas que creen sin necesidad de esa prueba, señor Hinkston.

—Soy uno de ellos, señor. Pero ciertamente un pueblo como este no podría existir sin intervención divina. Esos *detalles*. Me llena de tantas emociones que no sé si reír o llorar.

—Entonces no haga ninguna de las dos cosas hasta que sepamos a qué nos enfrentamos.

—¿Enfrentamos? —interrumpió Lustig—. A nada, capitán. Parece un pueblo bueno y tranquilo, muy parecido al viejo pueblo donde yo nací. Me gusta su aspecto.

—¿Cuándo nació usted, Lustig?

—1950, señor.

—¿Y usted, Hinkston?

—1955, señor. En Grinnell, Iowa. Y este pueblo me resulta muy familiar.

—Hinkston, Lustig, yo podría ser padre de cualquiera de ustedes. Tengo ochenta años. Nací en 1920, en Illinois, y gracias a Dios y a una ciencia que en los últimos cincuenta años ha sabido rejuvenecer a algunos viejos, aquí estoy, en Marte, no más cansado que el resto de ustedes, pero infinitamente más desconfiado. Ese pueblo resulta muy tranquilo y acogedor, y se parece tanto a Green Bluff, Illinois, que me asusta. De hecho, se parece *demasiado* a Green Bluff. —Se volvió hacia el radiotelegrafista—. Envíe una señal a la Tierra. Dígales que hemos aterrizado. Es todo. Dígales que mandaremos un informe completo mañana.

—Sí, señor.

El capitán Black miró hacia fuera de la nave con un rostro que debería haber sido el de un hombre de ochenta años, pero parecía de cuarenta.

—Le diré qué vamos a hacer, Lustig. Usted, Hinkston y yo iremos a explorar el pueblo. Los demás se quedan a bordo. Si pasa algo, podrán largarse de aquí. Es mejor perder tres hombres que una nave completa. Si algo sale mal, nuestra tripulación podrá advertir al próximo cohete. Es el del capitán Wilder, que creo que despegará la próxima Navidad. Si hay algún peligro en Marte, será mejor que el siguiente cohete venga bien armado.

—Nosotros también lo estamos. Disponemos de un arsenal suficiente.

—Entonces, dígale a la tripulación que estén listos con las armas. Vamos, Lustig, Hinkston.

Los tres hombres bajaron juntos por las rampas de la nave.

Era un hermoso día de primavera. Un petirrojo cantaba sin cesar desde un manzano en flor. Una lluvia de pétalos blancos caía al rozar el viento las verdes ramas, y el aroma de las flores flotaba en el aire. En algún lugar del pueblo alguien tocaba un piano, y la música iba y venía, iba y venía, suave, soñolienta. La canción era *Beautiful Dreamer*. En otra parte, un viejo gramófono, chirriante y desvaído, siseaba el disco de *Roamin' in the Gloamin'*, cantado por Harry Lauder.

Los tres hombres se pararon fuera de la nave. Jadearon y aspiraron el aire enrarecido y empezaron a andar lentamente, para no cansarse.

Ahora en el gramófono sonaba:

«*Oh, give me a June night,
the moonlight and you...*».

Lustig comenzó a temblar. Hinkston también.

El cielo estaba sereno y tranquilo, y en algún lado, una corriente de agua bajaba por los frescos surcos de una quebrada bajo las sombras de los árboles. En algún lado un caballo trotaba y una carreta traqueteaba.

—Señor —dijo Samuel Hinkston—, debe ser... *¡tiene* que ser que los cohetes llegaron a Marte antes de la Primera Guerra Mundial!

—No.

—Entonces, ¿cómo se explican estas casas, el venado de hierro, los pianos, la música? —Hinkston tomó del codo al capitán persuasivamente y lo miró a la cara—. Digamos que había gente en 1905 que odiaba la guerra y se reunieron en secreto con unos científicos y construyeron un cohete y llegaron aquí, a Marte...

—No, no, Hinkston.

—¿Por qué no? El mundo era otro mundo en 1905. Lo habrían podido mantener en secreto más fácilmente.

—Pero algo tan complejo como un cohete no podía mantenerse en secreto.

—Y vinieron aquí a vivir y, naturalmente, las casas que construyeron se parecían a las de la Tierra porque trajeron con ellos su cultura.

—¿Y llevan todos estos años viviendo aquí? —preguntó el capitán.

—En paz y armonía, sí. Quizás hicieron unos pocos viajes, los suficientes para traer gente a un pueblo pequeño, y luego desistieron por temor a ser descubiertos. Por eso este pueblo parece tan anticuado. No veo nada posterior a 1927, ¿y usted? O tal vez, señor, los viajes espaciales son más viejos de lo que creemos. Quizás comenzaron en alguna parte del mundo hace siglos y se mantuvieron en secreto entre las pocas personas que vinieron a Marte y solo visitaban la Tierra ocasionalmente a lo largo de siglos.

—Hace que parezca casi razonable.

—Ha de ser así. Aquí está la prueba, ante nuestros ojos. Todo lo que tenemos que hacer es encontrar a alguien para verificarlo.

El sonido de sus botas se ahogaba en la hierba verde y espesa. Olía a recién cortada. A pesar de sí mismo, el capitán John Black sintió que lo llenaba una gran paz. Habían pasado treinta años desde que pisó por última vez un pueblo como aquel, y el zumbido de las abejas primaverales lo arrullaba y tranquilizaba, y toda aquella frescura era como un bálsamo para su alma.

Entraron en el porche. El eco de sus pasos retumbaba en los listones de la tarima de madera mientras se acercaban a la puerta mosquitera. En el interior se veía una cortina de cuentas colgada a la entrada del vestíbulo y una araña de cristal, y en una pared, sobre una silla Morris, un cuadro de Maxfield Parrish. La casa olía a viejo, a desván, infinitamente confortable. Podía oírse el tintineo del hielo en una jarra de limonada. Más allá, en la cocina, al calor del día alguien preparaba un almuerzo frío. Alguien tarareaba en voz baja, suave y aguda.

El capitán John Black tocó la campanilla.

Unos pasos, delicados y finos, sonaron en el vestíbulo y una señora cuarentona de rostro amable, vestida como podía esperarse en 1909, los escudriñó.

—¿Los puedo ayudar en algo? —preguntó.

—Perdone —dijo el capitán Black titubeante—, pero buscamos, es decir..., podría ayudarnos... —Calló.

Ella lo miró con ojos oscuros, curiosos.

—Si están vendiendo algo... —comenzó a decir.

—No, ¡espere! —exclamó él—. ¿Qué pueblo es este?

Ella lo miró de arriba abajo.

—¿Qué quiere decir «qué pueblo es este»? ¿Cómo pueden estar en un pueblo sin tener idea de cómo se llama?

El capitán se veía como si deseara ir a sentarse bajo la sombra de un manzano.

—Somos forasteros. Queremos saber cómo este pueblo llegó aquí y cómo usted llegó aquí.

—¿Son ustedes del censo?

—No.

—Todo el mundo sabe —dijo ella— que este pueblo fue construido en 1868. ¿Es esto un juego?

—No, no es un juego —exclamó el capitán—. Venimos de la Tierra.

—¿Quiere decir del *subsuelo?* —preguntó.

—No, venimos del tercer planeta, Tierra, en una nave espacial. Y hemos aterrizado aquí, en el cuarto planeta, Marte...

—Esto —le explicó la mujer como si estuviera

hablando con un niño— es Green Bluff, Illinois, continente americano, rodeado de los océanos Pacífico y Atlántico, en un lugar llamado «mundo» o, algunas veces, «Tierra». Ahora váyanse, adiós.

Salió del vestíbulo, pasando sus dedos por la cortina de cuentas.

Los tres hombres se miraron.

—Tumbemos la puerta —dijo Lustig.

—No podemos. ¡Esto es propiedad privada! ¡Dios mío!

Se sentaron en el escalón del porche.

—¿Has pensado, Hinkston, que quizás de alguna manera perdimos nuestra órbita y accidentalmente regresamos y aterrizamos en la Tierra?

—¿Cómo íbamos a hacer eso?

—No lo sé, no lo sé. Oh, Dios, déjenme pensar.

Hinkston dijo:

—Pero si revisamos cada milla del recorrido. Nuestro cronómetro apuntaba tantas millas. Dejamos atrás la Luna y entramos en el espacio y aquí estamos. Estoy *seguro* de que estamos en Marte.

Lustig dijo:

—Pero supongamos que por accidente, en el espacio y el tiempo, nos perdimos en las dimensiones y aterrizamos en la Tierra de hace treinta o cuarenta años.

—¡Oh, por favor, Lustig!

Lustig se acercó a la puerta, tocó de nuevo la campanilla y gritó hacia las frescas y sombrías habitaciones del interior:

—¿En qué año estamos?

—1926, por supuesto —respondió la señora, sentada en una mecedora, mientras bebía un sorbo de limonada.

—¿Oyeron? —Lustig se volvió bruscamente hacia los otros dos—. ¡1926! ¡Hemos retrocedido en el tiempo! ¡Esto *sí* es la Tierra!

Lustig se sentó y los tres hombres se dejaron llevar por la maravilla y el terror de esa idea. Frotaban sus manos nerviosamente contra sus rodillas.

El capitán dijo:

—No esperaba una cosa así. Confieso que me asusta. ¿Cómo pudo suceder algo semejante? Ojalá hubiéramos traído a Einstein con nosotros.

—¿Nos creerá alguien en este pueblo? —dijo Hinkston—. ¿Estamos jugando con algo peligroso? Me refiero al tiempo. ¿No sería mejor despegar e irnos a casa?

—No. No hasta probar en otra puerta.

Caminaron tres casas más allá hasta una pequeña cabaña blanca bajo un roble.

—Quiero ser lo más lógico posible —dijo el capitán—. Porque no creo que hayamos entendido aún lo que está pasando. Supongamos, Hinkston, como sugería antes, que los viajes al espacio empezaran hace años. Y que los terrícolas, después de vivir aquí un tiempo, empezaran a añorar la Tierra. Primero, una leve neurosis; luego, una psicosis total; finalmente, la locura. ¿Qué haría usted, como psiquiatra, frente a un caso así?

Hinkston reflexionó:

—Bueno, creo que reprogramaría la civilización de Marte para que se pareciera lo más posible a la Tierra. Si hubiera alguna forma de reproducir cada planta, cada carretera y cada lago y hasta un océano, lo haría. Luego, mediante una inmensa hipnosis colectiva, convencería a la gente de que este lugar *es* realmente la Tierra y no Marte.

—Bien, Hinkston. Creo que ahora vamos por buen camino. La mujer de esa casa solamente *cree* que está en la Tierra. Eso protege su cordura. Ella y todos los demás en este pueblo son sujetos del mayor experimento de migración e hipnosis que usted verá en su vida.

—¡Eso es, señor! —exclamó Lustig.

—¡Claro! —dijo Hinkston.

—Bueno —suspiró el capitán—. Ahora que hemos llegado a algo, me siento mejor. Todo es un poco más lógico. Tanto hablar del tiempo y de ir y venir y de viajar en el tiempo, me revuelve el estómago. Pero de *esta* manera... —El capitán sonrió—. Bueno, bueno, parece que vamos a ser bastante populares aquí.

—¿Lo seremos? —dijo Lustig—. Después de todo esta gente vino para escapar de la Tierra, como los peregrinos. Quizás no estén muy contentos de vernos. Quizás traten de ahuyentarnos, o matarnos.

—Tenemos armas superiores. Ahora a la siguiente casa. Subamos.

Pero apenas cruzaron el césped, Lustig se detuvo

y miró el pueblo, hacia la calle tranquila, soñolienta, de la tarde.

—Señor —dijo.

—¿Qué pasa, Lustig?

—Oh, señor, *señor,* lo que estoy viendo —dijo Lustig, y empezó a llorar. Alzó sus dedos temblorosos y su cara se llenó de asombro, dicha e incredulidad. Parecía que en cualquier momento se iba a volver loco de felicidad. Miró calle abajo y comenzó a correr, tropezándose torpemente, cayéndose, levantándose y corriendo—. ¡Miren! ¡Miren!

—¡No lo dejen ir! —El capitán echó a correr.

Ahora Lustig corría rápido, gritaba. Entró en un patio en mitad de la calle sombreada y de un salto subió al porche de una gran casa verde que tenía un gallo de hierro en el techo.

Cuando Hinkston y el capitán lo alcanzaron, estaba golpeando la puerta, gritando y llorando. Todos estaban exhaustos y resollando por la carrera en el aire enrarecido.

—¡Abuela! ¡Abuelo! —gritó Lustig.

En la puerta aparecieron dos ancianos.

—¡David! —Sus voces eran aflautadas, y salieron a abrazarlo y a darle palmadas en la espalda mientras se movían a su alrededor—. David, ay, David, ¡cuántos años han pasado! Muchacho, cómo has crecido, qué grande estás. David, muchacho, ¿cómo te encuentras?

—¡Abuela! ¡Abuelo! —sollozó David Lustig—. ¡Ustedes se ven bien, muy bien! —Los agarró, rodeó, besó, abrazó, lloró sobre ellos y los volvió a abrazar. Miraba a los viejitos sin dejar de parpadear. El sol estaba en el cielo, el viento soplaba, la hierba era verde, la puerta metálica abierta de par en par.

—Entra, hijo, entra. Tenemos té helado para ti, recién hecho, montones de té.

—Estoy con unos amigos. —Lustig hizo señas al capitán y Hinkston, excitado, riéndose—. Venga, capitán.

—Buenas —dijeron los viejitos—. Pasen. Cualquier amigo de David es amigo nuestro. ¡No se queden ahí parados!

La sala de la vieja casa era fresca, y en una esquina, un reloj de caja sonaba acompasadamente, alto y largo y con molduras de bronce. Había suaves almohadones sobre grandes sofás y paredes llenas de libros y una alfombra gruesa con estampado de rosas, y té helado en las manos sudorosas y fresco en las bocas sedientas.

—A nuestra salud. —La abuela llevó el vaso a sus dientes de porcelana.

—¿Hace cuánto que están aquí, abuela? —preguntó Lustig.

—Desde que nos morimos —contestó ella secamente.

—¿Desde cuándo qué? —El capitán John Black apoyó su vaso.

—Pues sí —dijo Lustig—. Hace más de treinta años que murieron.

—¡Y cómo se queda usted tan tranquilo! —gritó el capitán.

—Shhh. —La vieja guiñó un ojo rutilante—. ¿Quién es usted para cuestionar lo que pasa? Estamos aquí. ¿Qué es la vida, en todo caso? ¿Quién hace qué, para qué y dónde? Solo sabemos que estamos aquí, vivos de nuevo, y no hacemos preguntas. Una segunda oportunidad. —Se acercó y mostró su frágil muñeca—. Toque. —El capitán la tocó—. Sólida, ¿cierto? —El

capitán asintió—. Entonces —concluyó triunfante—, ¿para qué andar haciendo preguntas?

—Bueno —dijo el capitán—, simplemente nunca imaginamos encontrar algo así en Marte.

—Y ahora lo han encontrado. Me atrevo a decir que hay muchas cosas en todos los planetas que muestran la mano infinita de Dios.

—¿Es esto el cielo? —preguntó Hinkston.

—Claro que no. Es un mundo y nos han dado una segunda oportunidad. Nadie nos dijo por qué. Pero tampoco nadie nos dijo por qué estábamos en la Tierra. La otra Tierra, quiero decir. Esa de donde vinieron ustedes. ¿Cómo sabemos que no existía *otra* antes de *esa*?

—Buena pregunta —dijo el capitán.

Lustig seguía sonriendo a sus abuelos.

—Qué bueno verlos. Qué bueno.

El capitán se levantó y dio una palmada a su pierna con un gesto desenfadado.

—Tenemos que irnos. Gracias por las bebidas.

—¿Pero volverán, por supuesto, a cenar esta noche? —dijeron los ancianos.

—Trataremos, gracias. Hay mucho que hacer. Mis hombres me están esperando en el cohete y... —Se calló. Miró hacia la puerta, alarmado.

A lo lejos, a la luz del sol, se oyeron voces, gritos y un gran saludo de bienvenida.

—¿Qué pasa? —preguntó Hinkston.

—Pronto lo descubriremos.

Y el capitán John Black salió abruptamente por la puerta principal, corriendo por la hierba verde hacia la calle del pueblo marciano.

Se detuvo mirando el cohete. Las escotillas estaban abiertas y la tripulación salía saludando. Una muchedumbre se había congregado, y dentro y a través y entre aquellas personas, los miembros de la tripulación avanzaban, hablaban, reían y daban la mano. La gente danzaba. La gente pululaba. El cohete yacía vacío y abandonado.

Una banda rompió a tocar bajo la luz del sol, lanzando una alegre melodía con sus tubas y trompetas alzadas. Hubo un redoble de tambores y un pitido de gaitas. Niñas de cabellos dorados brincaban. Niños gritaban «¡Hurra!». Hombres gordos ofrecían cigarros baratos. El alcalde del pueblo dio un discurso. Y luego, todos los miembros de la tripulación, dando un brazo a una madre y el otro a un padre o a una hermana, eran llevados calle abajo hacia pequeñas casas o grandes mansiones.

—¡Deténganse! —gritó el capitán Black.

Las puertas se cerraron.

El calor ascendió en el cielo límpido primaveral y todo quedó en silencio.

La banda de música redobló por una esquina y el cohete quedó allí solo, brillando y encandilando bajo el sol.

—¡Abandonada! —dijo el capitán—. ¡Abandonaron la nave! ¡La abandonaron! ¡Tendré sus pellejos, por Dios! ¡Tenían órdenes!

—Señor —dijo Lustig—, no sea tan duro con ellos. Esos eran sus parientes y amigos.

—¡Eso no es excusa!

—Piense en lo que habrán sentido, capitán, al ver esas caras familiares alrededor de la nave.

—¡Tenían órdenes, maldición!

—¿Pero cómo se habría sentido usted, capitán?

—Habría obedecido las órdenes. —La boca del capitán se quedó abierta.

Caminando por la acera, bajo el sol marciano, alto y sonriente, de ojos sorprendentemente claros y azules, venía un joven de unos veintiséis años.

—¡John! —exclamó el hombre, y comenzó a trotar.

—¿Qué...? —El capitán John Black se tambaleó.

—¡John, viejo bandido!

El hombre se le acercó, le agarró la mano con fuerza y le dio una palmada en la espalda.

—Eres tú —dijo el capitán Black.

—¡Claro! ¿Quién *creías* que era?

—¡Edward! —El capitán se volvió hacia Lustig y Hinkston, tomando de la mano al extraño—. Este es mi hermano Edward. Ed, te presento a mis hombres. Lustig, Hinkston, ¡mi hermano!

Se estrecharon las manos y los brazos y finalmente se abrazaron.

—¡Ed!

—¡John, sinvergüenza!

—Se te ve muy bien, Ed. Pero ¿qué es esto? No has cambiado. Te moriste, lo recuerdo muy bien, cuando tenías veintiséis y yo diecinueve. Dios mío, hace tantos años y aquí estás. Dios, ¿qué está pasando?

—Mamá nos espera —dijo Edward Black, sonriendo.

—¿Mamá?

—Y papá también.

—¿Papá? —El capitán casi se cae, como si hubiera sido golpeado por una poderosa arma. Caminaba rígido y descoordinado.

—¿Mamá y papá vivos? ¿Dónde?

—En la vieja casa en la avenida Oak Knoll.

—La vieja casa. —El capitán miraba asombrado y fascinado—. ¿Oyeron eso, Lustig, Hinkston?

Hinkston había desaparecido. Había visto su vieja casa más allá, en la calle, y corría hacia ella.

Lustig reía.

—¿Vio, capitán, lo que les pasó a todos en el cohete? No pudieron evitarlo.

—Sí, sí. —El capitán cerró los ojos—. Cuando abra los ojos ya no estarás. —Parpadeó—. Aún estás ahí. Dios, Ed, pero se te ve muy *bien*.

—Vamos, nos espera la comida. Ya avisé a mamá.

Lustig dijo:

—Señor, estaré con mis abuelos si me necesita.

—¿Qué? Oh, bien, Lustig, entonces hasta más tarde.

Edward lo tomó del brazo y lo hizo avanzar.

—Ahí está la casa, ¿te acuerdas?

—¡Demonios! ¡Seguro que llego al porche antes que tú!

Corrieron. Los árboles rugían sobre la cabeza del capitán Black; la tierra rugía bajo sus pies. Vio pasar la figura dorada de Edward Black en el increíble sueño de la realidad. Vio la casa acercarse, la puerta mosquitera abrirse de par en par.

—¡Te gané! —gritó Edward.

—Soy un viejo —jadeó el capitán—, y tú eres joven todavía. Pero la verdad es que *siempre* me ganabas, ¿te acuerdas?

En la puerta, mamá, rosada, grande y luminosa. Detrás de ella, papá, pelo gris pimienta, con su pipa en la mano.

Subió corriendo los escalones a saludarlos, como un niño.

Fue una tarde larga y agradable. Terminaron de comer y se sentaron en la sala y les contó todo sobre su cohete y ellos inclinaban la cabeza y le sonreían y mamá no había cambiado y papá cortó la punta de su cigarro y lo encendió pensativo, como solía hacer. Por la noche hubo una gran cena con pavo y el tiempo fluía. Cuando la carne había sido apurada hasta el final y en los platos yacían puros huesos, el capitán se recostó en su silla y exhaló satisfecho. La noche se posaba en todos los árboles y coloreaba el cielo, y las lámparas eran halos de luz rosada en la casa apacible. De las otras casas de la calle llegaban sonidos de música, de pianos, de puertas cerrándose.

Mamá puso un disco en la vitrola y ella y el capitán John Black bailaron. Usaba el mismo perfume que él recordaba del verano en que ella y papá perdieron la vida en un accidente de tren. La sintió muy real en sus brazos mientras bailaban ligeramente al son de la música.

—No pasa todos los días —dijo ella— que te den una segunda oportunidad para vivir.

—Mañana me despertaré —dijo el capitán— y

estaré en mi cohete, en el espacio, y todo esto habrá desaparecido.

—No, no pienses eso —exclamó ella dulcemente—. No cuestiones. Dios ha sido bueno con nosotros. Seamos felices.

—Lo siento, mamá.

El disco se acabó con un siseo circular.

—Estás cansado, hijo. —Papá señaló con su pipa—. Tu antiguo dormitorio te espera, con la cama de bronce y todas tus cosas.

—Pero debería avisar a mis hombres.

—¿Por qué?

—¿Por qué? Bueno, no sé. Supongo que no hay razón. No, ninguna. Estarán comiendo o durmiendo. Una buena dormida no les hará daño.

—Buenas noches, hijo. —Mamá lo besó en la mejilla—. Qué bueno es tenerte en casa.

—Qué bueno es *estar* en casa.

Dejó aquel lugar de humo de cigarro y perfume y libros y luz tenue y subió las escaleras hablando, hablando con Edward. Edward abrió una puerta y ahí estaba su cama amarilla de bronce y los viejos banderines de la universidad y el viejo y mullido abrigo de piel de mapache que acarició con afecto, en silencio.

—Es demasiado —dijo el capitán—. Estoy entumecido y cansado. Han pasado demasiadas cosas hoy. Siento como si hubiera estado bajo un chaparrón cuarenta y ocho horas sin paraguas ni abrigo. Estoy empapado de emociones.

Edward estiró las blancas sábanas y acomodó las almohadas. Abrió un poco la ventana y dejó que entrara flotando el jazmín de noche. Había luz de luna y sonidos distantes de bailes y susurros.

—Así que esto es Marte —dijo el capitán, desvistiéndose.

—Así es. —Edward se desvistió despacio, con movimientos holgados, subiendo su camisa sobre la cabeza, descubriendo unos hombros dorados y un firme y musculoso cuello.

Con las luces apagadas, estaban en la cama uno al lado del otro, como en aquellos lejanos días, ¿hacía cuántas décadas? El capitán se tendió, abrigado por el olor del jazmín que empujaba las cortinas de encaje hacia el aire oscuro de la habitación. Fuera, entre los árboles, en un jardín, alguien había puesto en marcha un gramófono donde ahora sonaba suavemente *Always*.

Se acordó de Marilyn.

—¿Marilyn está aquí?

Su hermano, estirado allí a la luz de la luna que entraba por la ventana, esperó y luego dijo:

—Sí. Está fuera del pueblo. Pero llegará por la mañana.

El capitán cerró los ojos.

—Tengo muchas ganas de verla.

La habitación era cuadrada y silenciosa, excepto por sus respiraciones.

—Buenas noches, Ed.

Una pausa.

—Buenas noches, John.

Estaba acostado tranquilamente, dejando flotar sus pensamientos. Por primera vez la tensión del día se desvaneció y podía pensar lógicamente. Todo había sido emoción. Las bandas tocando, los rostros familiares. Pero ahora...

«¿Cómo? —pensó—. ¿Cómo se hizo todo esto? ¿Y por qué? ¿Con qué propósito? ¿Por alguna intervención divina y bondadosa? ¿Se preocupaba entonces Dios tanto por sus hijos? ¿Cómo y por qué y para qué?».

Consideró las distintas teorías que Hinkston y Lustig habían expuesto en el primer calor de la tarde. Dejó que otras muchas teorías rodaran como piedritas perezosas por su mente, dando vueltas, emitiendo débiles destellos de luz. Mamá. Papá. Edward. Marte. La Tierra. Marte. Marcianos.

¿Quiénes habían vivido aquí en Marte hace miles de años? ¿Marcianos? ¿O siempre había sido como era hoy?

«Marcianos», repitió la palabra ociosamente para sus adentros.

Casi estalló a reír. De repente, se le ocurrió la teoría más ridícula. Le dio una especie de escalofrío. Claro que no era digna de consideración. Muy improbable. Tonta. Olvídalo. Ridículo.

«Pero —pensó—, *supongamos*... Supongamos que había marcianos viviendo en Marte y que vieron llegar nuestra nave y nos vieron dentro de la nave y nos odiaron. Ahora supongamos, solo por suponer, que querían destruirnos, por invasores, por indeseables, y pretendían hacerlo de un modo muy inteligente para que no nos diéramos cuenta. Bueno, ¿qué arma sería la mejor que podría usar un marciano contra terrestres con armas atómicas?».

La respuesta era interesante. Telepatía, hipnosis, memoria e imaginación.

«Supongamos que todas estas casas no sean reales, que esta cama no sea real, sino solo producto de mi propia imaginación, materializada a través de telepatía e hipnosis por los marcianos —pensó el capitán John Black—. Supongamos que estas casas realmente tienen *otra* forma, una forma marciana, pero, usando mis deseos y necesidades, estos marcianos han hecho que se parezcan a las de mi viejo pueblo natal, mi vieja casa, para calmar mis sospechas. ¿Qué mejor forma de engañar a una persona que usar a su propia madre y su padre como carnada?

»Y este pueblo, tan viejo, del año 1926, mucho antes de que naciera *ningún* otro de mi tripulación. Del tiempo en que yo tenía seis años y *había* discos de Harry Lauder, y *aún* cuadros de Maxfield Parrish en las paredes, y cortinas de cuentas, y *Beautiful Ohio*, y arquitectura de principios de siglo. ¿Qué pasaría si los marcianos tomaron la memoria de un pueblo *exclusivamente* de *mi* mente? Dicen que los recuerdos de infancia son los más claros. ¡Y después de construir el pueblo de *mi* mente, lo poblaron con la gente más querida de las mentes de todos los hombres del cohete!

»Y supongamos que esas dos personas durmiendo en la habitación de al lado no son ni mi madre ni mi padre. Pero son dos marcianos increíblemente brillantes, con la habilidad de mantenerme en esta hipnosis de sueño permanente.

»¿Y esa banda de música? ¡Qué plan tan sorprendente y maravilloso! Primero, engañan a Lustig; luego, a Hinkston; luego reúnen una muchedumbre y todos los hombres del cohete viendo a sus madres, tías, tíos y novias muertos hace diez o veinte años, naturalmente sin hacer caso a las órdenes, corren y abandonan la nave. ¿Qué más natural? ¿Qué más insospechado? ¿Qué más sencillo? Una persona no hace muchas preguntas cuando a su madre la reviven de pronto; está demasiado feliz. Y aquí estamos todos esta noche, en varias casas, en varias camas, sin armas para protegernos, y el cohete yace a la luz de la luna, vacío. ¿Y no sería horrible y terrorífico descubrir que todo esto es parte de un gran, ingenioso plan de los marcianos para dividirnos y conquistarnos, y eliminarnos?

»En algún momento de la noche, quizás, mi hermano aquí en esta cama cambiará de forma, se derretirá, se transformará, y se convertirá en otra cosa, una cosa terrible, un marciano. Sería muy fácil para él darse la vuelta y clavar un cuchillo en mi corazón. Y en todas esas otras casas de la calle, una docena de otros hermanos o padres transformándose de repente y tomando cuchillos y haciendo cosas a los hombres confiados de la Tierra...».

Sus manos temblaban bajo las sábanas. El cuerpo se le heló. De repente la teoría no era una teoría. De repente estaba muy asustado.

Se sentó en la cama y escuchó. La noche estaba muy tranquila. La música había cesado. El viento había parado. Su hermano dormía a su lado.

Con cuidado levantó las sábanas, las apartó. Se deslizó de la cama, y cruzaba el cuarto sigilosamente cuando la voz de su hermano dijo:

—¿Adónde vas?

—¿Qué?

La voz de su hermano era fría.

—Dije que adónde crees que vas.

—A tomar agua.

—Pero no tienes sed.

—Sí, sí tengo.

—No, no tienes.

El capitán John Black echó a correr por el cuarto. Gritó. Gritó dos veces.

Nunca llegó a la puerta.

A la mañana siguiente, la banda tocó una triste música fúnebre. De cada casa salieron pequeñas y solemnes procesiones sosteniendo largas cajas. Por la larga calle soleada, llorando, iban las abuelas y madres y hermanas y hermanos y tíos y padres caminando hacia el cementerio, donde había nuevos hoyos recién cavados y nuevas lápidas preparadas. Dieciséis hoyos y dieciséis lápidas.

El alcalde dio un breve discurso, su rostro algunas veces como el del alcalde y luego como otra cosa.

Mamá y papá Black estaban ahí, con el hermano Edward y lloraban, sus caras transformándose de caras familiares a otras cosas.

El abuelo y la abuela Lustig estaban allí, llorando, sus rostros brillantes, cambiando como la cera, resplandeciendo como todas las cosas resplandecen en un día caluroso.

Bajaron los ataúdes. Alguien murmuró algo sobre las muertes inesperadas y repentinas de dieciséis buenos hombres durante la noche...

Cayó tierra sobre los ataúdes.

La banda de música, tocando *Columbia, the Gem of the Ocean,* marchó de vuelta hacia el pueblo y todos se tomaron el día libre.

El marciano

Septiembre 2005

Las montañas azules se alzaban a la lluvia y la lluvia caía entre los largos canales y el viejo La Farge y su mujer salieron de su casa a mirar.

—La primera lluvia de la temporada —apuntó La Farge.

—Es buena —dijo su mujer.

—Muy bienvenida.

Cerraron la puerta. Dentro, calentaron sus manos al fuego. Temblaron. En la distancia, a través de la ventana, vieron la lluvia brillar en los cantos del cohete que los había traído de la Tierra.

—Solo hay una cosa —dijo La Farge mirándose las manos.

—¿Qué será? —preguntó su mujer.

—Ojalá hubiéramos podido traer a Tom con nosotros.

—Ay, ya, Lafe.

—No volveré a empezar, lo siento.

—Vinimos para disfrutar de nuestra vejez en paz, no para pensar en Tom. Hace ya tanto tiempo que murió que deberíamos tratar de olvidarlo, y todo lo de la Tierra.

—Tienes razón —dijo él, y puso sus manos al calor. Se quedó mirando el fuego—. No volveré a hablar de ello. Es que me hace falta conducir hasta Green Lawn Park todos los domingos a poner flores en su tumba. Era nuestra única excursión.

La lluvia azul caía suavemente sobre la casa.

A las nueve se fueron a dormir, acostados en silencio, tomados de las manos, él de cincuenta y cinco años y ella de sesenta, en la oscuridad lluviosa.

—¿Anna? —llamó La Farge suavemente.

—¿Sí? —respondió ella.

—¿Oíste algo?

Ambos escucharon la lluvia y el viento.

—Nada —dijo ella.

—Alguien está silbando —dijo él.

—No oí nada.

—De todas maneras, voy a ir a ver.

Se puso la bata y atravesó la casa hasta la puerta.

Con cautela la abrió de par en par y la lluvia cayó fría sobre su cara. El viento sopló.

En la entrada había una pequeña figura.

Un relámpago rompió el cielo y una ola de color blanco iluminó el rostro que miraba al viejo La Farge de pie en la entrada.

—¿Quién anda ahí? —llamó La Farge, temblando.

No hubo respuesta.

—¿Quién es? ¿Qué quieres?

Ni una palabra.

La Farge se sintió débil y cansado y entumecido.

—¿Quién eres? —gritó.

Su mujer se acercó por detrás y le cogió el brazo.

—¿Por qué gritas?

—Hay un muchacho en el patio que no me contesta —dijo el viejo, temblando—. ¡Se parece a Tom!

—Ven a acostarte. Estás soñando.

—Pero está ahí. ¡Míralo tú misma!

Abrió más la puerta para que ella lo pudiera ver. El viento frío sopló y la leve lluvia cayó sobre la tierra, y la figura se quedó allí mirándolos con ojos distantes. La vieja mujer se agarró de la puerta.

—¡Vete! —dijo ahuyentándolo con una mano—. ¡Vete!

—¿No se parece a Tom? —preguntó el viejo.

La figura siguió inmóvil.

—Tengo miedo —dijo la vieja—. Cierra ya la puerta y ven a acostarte. No quiero tener nada que ver con esto.

Y desapareció, gimiendo, hacia el dormitorio.

El viejo se quedó allí de pie con el viento lloviendo frío en sus manos.

—Tom —llamó suavemente—. Tom, si eres tú, si por cualquier cosa eres tú, Tom, voy a dejar la puerta sin cerrojo. Y si tienes frío y quieres entrar a calentarte, entra más tarde y acuéstate junto al fuego, hay algunas alfombras de piel allí.

Cerró la puerta, pero no pasó el cerrojo.

Su mujer lo sintió volver a la cama y se estremeció.

—Es una noche terrible. Me siento tan vieja —dijo sollozando.

—Shhh, shhh. —La acarició entre sus brazos—. Duérmete.

Después de un largo rato, ella se durmió.

Y luego, silenciosamente, mientras escuchaba, oyó abrirse la puerta de entrada, oyó la lluvia y el viento entrar, la puerta cerrarse. Oyó pisadas livianas cerca del fuego y una respiración suave. «Tom», se dijo.

Un relámpago estalló en el cielo y cortó la oscuridad.

Por la mañana, el sol calentaba intensamente.

El señor La Farge abrió la puerta hacia la sala y echó una mirada rápida a su alrededor.

Las alfombras junto al fuego estaban vacías.

La Farge suspiró.

—Me estoy haciendo viejo —dijo.

Salió a caminar hacia el canal para recoger un balde de agua clara para lavarse. En la puerta de la casa casi tumba al joven Tom, que cargaba un balde ya rebosante.

—¡Buenos días, papá!

—Buenos días, Tom. —El viejo se apartó. El muchacho, descalzo, atravesó velozmente la habitación, dejó el balde y se volvió sonriente.

—¡Es un bonito día!

—Sí lo es —dijo el viejo, pasmado. El muchacho actuaba como si nada fuera extraño. Comenzó a lavarse la cara con el agua.

El viejo se acercó.

—Tom, ¿cómo llegaste aquí? ¿Estás vivo?

—¿No debería estarlo? —El muchacho alzó la mirada.

—Pero, Tom, Green Lawn Park, todos los domingos, las flores... —La Farge tuvo que sentarse. El muchacho se acercó y le tomó una mano. El viejo sintió sus dedos, tibios y firmes—. ¿De veras estás aquí? ¿No es un sueño?

—¿Tú *quieres* que esté aquí, verdad? —El muchacho parecía preocupado.

—¡Sí, sí, Tom!

—Entonces, ¿por qué hacer preguntas? ¡Acéptame!

—Pero tu madre..., el trauma...

—No te preocupes por ella. Durante la noche les canté a ambos y me aceptarán mejor por eso, especialmente ella. Sé lo que es el trauma. Espera que venga, ya verás. —Rio sacudiendo su cabeza de crespos cobrizos. Sus ojos eran muy azules y claros.

—Buenos días, Lafe, Tom. —Mamá salió del dormitorio recogiéndose el cabello—. ¿No es un bonito día?

Tom se giró para sonreír a su padre.

—¿Ves?

Comieron un almuerzo muy bueno, los tres, a la sombra del patio de la casa. La señora La Farge había encontrado guardada una vieja botella de vino de girasol y todos bebieron. El señor La Farge nunca había visto el rostro de su mujer tan luminoso. Si en su mente había alguna duda sobre Tom, no lo mencionó; para ella era algo completamente natural. Y se estaba volviendo natural para La Farge también.

Mientras mamá recogía los platos, La Farge se inclinó hacia su hijo y le preguntó, en voz baja:

—¿Cuántos años tienes ahora, hijo?

—¿No lo sabes, papá? Catorce, por supuesto.

—¿Quién eres *en realidad*? No puedes ser Tom, pero eres *alguien*. ¿Quién?

—No hagas eso. —Alarmado, el muchacho se llevó las manos al rostro.

—Me lo puedes decir —dijo el viejo—. Puedo entender. ¿Eres un marciano, verdad? He oído historias

sobre marcianos; nada demasiado claro. Historias de cuán pocos hay y que cuando se presentan ante nosotros, lo hacen en forma de terrestres. Hay algo de ti; eres Tom y, sin embargo, no eres.

—¿Por qué no puedes aceptarme y dejar de hablar? —exclamó el muchacho. Sus manos tapaban su cara completamente—. ¡No dudes, por favor, no dudes de mí! —Dio media vuelta y echó a correr.

—¡Tom, regresa!

Pero el muchacho corrió por la orilla del canal hacia el pueblo lejano.

—¿Adónde va Tom? —preguntó Anna, que había regresado con más platos. Miró la cara de su esposo—. ¿Le dijiste algo que lo molestó?

—Anna —dijo él, tomando su mano—, Anna, ¿recuerdas algo de Green Lawn Park, un mercado y Tom con pulmonía?

—¿De *qué* estás hablando? —rio ella.

—No importa —respondió él calladamente.

Más allá, a la orilla del canal, una nube de polvo caía por donde Tom había corrido.

A las cinco de la tarde, con el atardecer, Tom regresó. Miró dudoso a su padre.

—¿Me vas a preguntar algo? —quiso saber.

—No más preguntas —dijo La Farge.

El muchacho sonrió con su blanca sonrisa.

—Magnífico.

—¿Dónde andabas?

—Cerca del pueblo. Casi no pude volver. Casi me... —El chico buscó una palabra— atrapan.

—¿Qué quieres decir?

—Pasé por una casita de latón cerca del canal y casi me cambian para no poder volver aquí nunca más. No sé cómo explicarlo, no hay manera, no te lo puedo contar, *yo* mismo no lo sé, es extraño. No quiero hablar de eso.

—Entonces no lo haremos. Anda a lavarte, muchacho, es hora de cenar.

El muchacho corrió.

Unos diez minutos más tarde, un bote se acercaba por la superficie serena del canal. Un hombre alto y desgarbado, con el cabello negro, lo guiaba con una vara larga, moviendo lentamente los brazos.

—Buenas tardes, hermano La Farge —dijo deteniendo su labor.

—Buenas tardes, Saul, ¿qué hay de nuevo?

—Toda clase de cosas esta noche. ¿Conoces a ese tal Nomland, que vive por el canal en la casucha de latón?

La Farge se puso rígido.

—Sí.

—¿Sabes el tipo de pillo que era?

—Hay rumores de que dejó la Tierra porque mató a un hombre.

Saul se inclinó sobre su vara mojada, mirando a La Farge.

—¿Recuerdas el nombre del hombre al que mató?

—Gillings, ¿no era así?

—Correcto. Gillings. Pues hace como dos horas Nomland llegó corriendo al pueblo gritando que había visto a Gillings, vivo, aquí en Marte, hoy, esta tarde. Trató de encerrarse en la cárcel para estar a salvo. Pero no le hicieron caso. Así que Nomland se fue a su casa y hace veinte minutos, según cuentan, se voló los sesos con una pistola. Vengo de allí.

—Bueno, bueno —dijo La Farge.

—Pasan las cosas más insólitas —dijo Saul—. En fin, buenas noches, La Farge.

—Buenas noches.

El bote siguió corriente abajo por las aguas serenas del canal.

—La cena está lista —llamó la vieja.

La Farge se sentó a cenar y, cuchillo en mano, miró en dirección a Tom.

—Tom —dijo—, ¿qué hiciste esta tarde?

—Nada —dijo Tom con la boca llena—. ¿Por qué?

—Solo por saber. —El viejo se ajustó la servilleta.

A las siete de aquel día, la vieja quería ir al pueblo.

—No hemos ido en meses —dijo.

Pero Tom no quería.

—Me da miedo el pueblo —dijo—. La gente. No quiero ir.

—Vaya forma de hablar para un muchacho grande. No quiero oír nada de eso. Vas a venir. Lo digo *yo*.

—Anna, si el muchacho no quiere... —empezó a decir el viejo.

Pero no hubo forma. Los empujó hacia la barca y remontaron el canal bajo las estrellas vespertinas; Tom recostado con los ojos cerrados; dormido quizás, no había cómo saberlo. El viejo no dejaba de mirarlo y hacerse preguntas. «¿Quién será este —pensaba—, que necesita tanto amor como nosotros? ¿Quién es y qué es, que por tanta soledad, es capaz de venir a un asentamiento extranjero y asumir la voz y la faz de la memoria y vivir entre nosotros, por fin, aceptado y feliz? ¿De qué montaña, qué cueva, de qué última e ínfima especie de individuos que hubiera en este mundo cuando los cohetes llegaron de la Tierra?». El viejo negó con la cabeza. No había forma de saberlo. Este, en todo caso, era Tom.

El viejo observó el pueblo más allá y no le gustó, pero luego volvió a pensar en Tom y Anna, y pensó para sí: «Quizás sea un error retener a Tom apenas por un tiempo, cuando solo puede acabar en problemas y lamentos, pero ¿cómo vamos a renunciar a lo que tanto hemos deseado aunque se quede solo un día y desaparezca dejando el vacío más vacío, las oscuras noches más oscuras, las noches de lluvia más lluviosas?

Quitarnos a este sería igual que quitarnos la comida de la boca».

Y observó al muchacho dormido plácidamente en el fondo de la barca. El muchacho gimió con algún sueño.

—La gente —murmuró dormido—. Cambiando y cambiando. La trampa.

—Ya, ya, muchacho. —La Farge acarició sus suaves rizos. Tom calló.

La Farge ayudó a su mujer y al muchacho a desembarcar.

—¡Aquí estamos! —Anna sonrió mirando las luces, escuchando la música de los bares, los pianos, los gramófonos, mirando a la gente pasear del brazo por las calles abarrotadas.

—Querría estar en casa —dijo Tom.

—Tú nunca hablabas así antes —dijo la madre—. Siempre te gustaron las noches de los sábados en el pueblo.

—Quédate cerca de mí —susurró Tom—. No quiero que me atrapen.

Anna lo oyó.

—Deja de hablar así. ¡Ven!

La Farge se dio cuenta de que el muchacho le había agarrado la mano. La Farge se la apretó.

—Estoy a tu lado, Tommy. —Miró a la muchedumbre que iba y venía y también se preocupó—. No nos quedaremos mucho tiempo.

—Tonterías, nos quedaremos hasta la noche —dijo Anna.

Cruzaron la calle y tres borrachos chocaron con ellos. Hubo mucha confusión, vueltas, una separación y entonces La Farge se quedó parado, estupefacto.

Tom había desaparecido.

—¿Adónde ha ido? —preguntó Anna irritada—. Siempre desaparece a la mínima oportunidad. ¡Tom! —llamó.

El señor La Farge se abrió paso entre la multitud, pero Tom no estaba.

—Ya volverá. Estará en la barca cuando nos vayamos —dijo Anna con seguridad, guiando a su esposo hacia la sala de cine. Hubo una conmoción repentina entre la multitud, y un hombre y una mujer pasaron corriendo junto a La Farge. Los reconoció. Joe Spaulding y su mujer. Desaparecieron antes de que pudiera hablarles.

Mirando ansiosamente hacia atrás, compró los boletos del cine y dejó que su mujer lo metiera en la oscuridad inoportuna.

Tom no estuvo en el muelle a las once de la noche. La señora La Farge palideció.

—Mamá, no te preocupes —dijo La Farge—. Lo encontraré. Espera aquí.

—Vuelve pronto. —Su voz se disipó en las ondas del agua.

Caminó por las calles oscuras, manos en los bolsillos. Por todas partes las luces se apagaban, una a una. Unas cuantas gentes aún se asomaban por las ventanas, porque la noche era cálida aunque en el cielo todavía corrían algunas nubes de tormenta entre las estrellas. Mientras caminaba, se acordaba de las referencias constantes del muchacho sobre ser atrapado, de su miedo a las multitudes y las ciudades. «No tenía sentido», pensó cansado el viejo. Quizás el muchacho había desaparecido para siempre, quizás nunca había sido. La Farge entró en un callejón escudriñando los números.

—Hola, La Farge.

Un hombre estaba en su puerta, fumando pipa.

—Hola, Mike.

—¿Peleaste con tu mujer? ¿Andas calmándote?

—No, solo caminando.

—Parece como si hubieras perdido algo. Y hablando de eso —dijo Mike—, encontraron a alguien esta tarde. ¿Conoces a Joe Spaulding? ¿Te acuerdas de su hija Lavinia?

—Sí. —La Farge estaba helado. Parecía un sueño repetido. Sabía cuáles serían las siguientes palabras.

—Lavinia regresó esta noche —dijo Mike, fumando—. Recordarás que se perdió en el fondo del mar Muerto hace como un mes. Encontraron lo que creyeron que era su cuerpo, muy deteriorado, y desde entonces la familia Spaulding no se repone. Joe se pasaba el día diciendo que no estaba muerta, que ese no era su cuerpo. Parece que tenía razón. Hoy apareció Lavinia.

—¿Dónde? —La Farge sintió su respiración entrecortada, su corazón martilleando.

—En la calle principal. Los Spaulding estaban comprando boletos para el teatro y ahí, de repente, entre la gente, estaba Lavinia. Debe de haber sido toda una escena. Al principio ella no los reconoció. La siguieron por media calle y le hablaron y entonces recordó.

—¿La viste?

—No, pero la oí cantando. ¿Recuerdas cómo cantaba *The Bonnie Banks of Loch Lomond?* La oí cantando para su padre hace un momento, allá en su casa. Fue hermoso oírla; ella, una muchacha tan linda. Pensé que era una lástima que se hubiera muerto. Y ahora que volvió, todo está bien. Oye, tienes muy mal aspecto. Mejor entra a tomar un poco de whisky.

—Gracias, Mike, pero no.

El viejo se alejó. Oyó a Mike decir «buenas noches», pero no contestó, fijó sus ojos en el edificio de dos plantas donde racimos de flores marcianas carmesí colgaban del techo de cristal. En la parte trasera, sobre el jardín, había un balcón de hierro forjado y las ventanas de arriba estaban iluminadas. Era muy tarde, y él seguía pensando: «¿Qué le pasará a Anna si no traigo a Tom de vuelta? Este segundo impacto, esta segunda muerte, ¿qué hará con ella? ¿Se acordará también de la primera muerte y de este sueño y de la desaparición repentina? Ay, Dios, tengo que encontrar a Tom, ¿o qué le pasará a Anna? La pobre Anna esperando en el muelle». Hizo una pausa y levantó la cabeza. Arriba, en el edificio, voces daban a otras suaves voces las buenas noches, puertas se cerraban, luces se apagaban y un dulce canto seguía sonando. Un momento después, una muchacha de no más de dieciocho años, muy bella, se asomó al balcón.

La Farge la llamó a través del viento que soplaba.

La muchacha se volvió y miró hacia abajo.

—¿Quién hay ahí? —preguntó.

—Soy yo —dijo el viejo.

Se dio cuenta de que su respuesta sonaba tonta y extraña, así que se calló, pero sus labios seguían moviéndose. ¿Qué podía decir? ¿«Tom, hijo mío, soy tu padre»? ¿Cómo debía hablarle? Iba a pensar que estaba loco y llamaría a sus padres.

La muchacha se inclinó en la luz titilante.

—Te conozco —dijo suavemente—. Por favor, vete. No hay nada que puedas hacer.

—¡Tienes que volver! —se le escapó a La Farge sin poder evitarlo.

La figura iluminada a la luz de la luna se apartó hacia la sombra, donde no había identidad, solo una voz.

—Ya no soy tu hijo —dijo—. Nunca debimos venir al pueblo.

—¡Anna te espera en el muelle!

—Lo siento —dijo la tenue voz—. ¿Pero qué puedo hacer? Aquí estoy bien, me quieren, como pasó con mamá y contigo. Soy lo que soy y tomo lo que puede ser tomado. Es demasiado tarde, me han atrapado.

—Pero Anna, el trauma que sufrirá. Piensa en ella.

—Los pensamientos son demasiado intensos en esta casa. Es como estar en una prisión. No puedo cambiar otra vez.

—Eres Tom, *fuiste* Tom, ¿no es cierto? No le estarás gastando una broma a un viejo. ¿Eres de verdad Lavinia Spaulding?

—No soy nadie, solo soy yo, donde esté soy algo y ahora soy algo a lo que no puedes ayudar.

—No estás a salvo en el pueblo. Es mejor fuera, en

el canal, donde nadie te puede hacer daño —imploró el viejo.

—Es verdad —la voz vaciló—. Pero ahora debo considerar a esta gente. ¿Cómo se sentirían si por la mañana hubiera desaparecido, esta vez para siempre? Además, la madre sabe lo que soy; lo adivinó, igual que tú. Creo que todos lo adivinaron, pero no quisieron cuestionarlo. No se cuestiona a la Providencia. Si no puedes tener la realidad, un sueño es casi tan bueno. Quizás no sea su muerta, pero para ellos soy algo casi mejor; un ideal creado por su mente. Tengo que escoger entre lastimarlos a ellos o a tu mujer.

—¡Son una familia de cinco! ¡Pueden aguantar tu pérdida mejor!

—Por favor —dijo la voz—, estoy cansada.

La voz del viejo se endureció.

—¡Tienes que volver! No puedo dejar que Anna vuelva a lastimarse. Eres nuestro hijo. Eres mi hijo y nos perteneces.

—¡No, por favor! —la sombra temblaba.

—¡No perteneces a esta casa ni a esta gente!

—¡No, no me hagas esto!

—Tom, Tom, hijo, escúchame. Vuelve, baja por la enredadera, muchacho. Ven, Anna está esperando. Te daremos un buen hogar, todo lo que quieras. —Miraba y miraba hacia arriba, rogando conseguirlo.

Las sombras se movieron, la enredadera crujió.

Al fin la voz tenue dijo:

—Está bien, padre.

—¡Tom!

A la luz de la luna, la figura ágil de un muchacho se deslizó por la enredadera. La Farge lo ayudó.

Las luces de la habitación de arriba se encendieron. Una voz salió de una de las ventanas enrejadas.

—¿Quién está ahí?

—¡Date prisa, muchacho!

Más luces, más voces.

—¡Alto, tengo una pistola! Vinny, ¿estás bien?

Un sonido de pasos precipitados.

El viejo y el muchacho corrieron por el jardín.

Sonó un disparo. La bala dio en el muro mientras cerraban la reja.

—¡Tom, ve por allá! Yo iré por aquí para despistarlos. Corre al canal, ¡te encuentro allá en diez minutos!

Se separaron.

La luna se escondió detrás de una nube. El viejo corría en la oscuridad.

—¡Anna, aquí estoy!

La vieja lo ayudó, temblando, a subirse a la barca.

—¿Dónde está Tom?

—Llegará en un minuto —jadeó La Farge.

Se volvieron hacia los callejones y el pueblo dormido. Aún había alguna gente paseando: un policía, un guardia nocturno, un piloto espacial, varios hombres solitarios regresando de algún encuentro tardío, cuatro hombres y mujeres saliendo de un bar, riendo. Una música sonaba a lo lejos en algún lugar.

—¿Por qué no llega? —preguntó la vieja.

—Ya vendrá, ya vendrá.

Pero La Farge no estaba seguro. Quizás el muchacho había sido atrapado otra vez, de alguna manera, en su carrera al muelle, corriendo por las calles de medianoche entre las casas oscuras. Era una carrera larga, aun para un muchacho. Pero ya debería haber llegado.

Y ahora, a lo lejos, por la avenida iluminada a la luz de la luna, una figura corría.

La Farge gritó y luego se quedó callado, porque también a lo lejos se oían voces y carreras. Luces se encendieron ventana tras ventana. Por la plaza abierta que daba al muelle, la figura corría. No era Tom, era solo una forma que corría con un rostro plateado brillando a la luz de los faroles de la plaza. Y mientras se acercaba, se volvía más familiar, hasta que al llegar al muelle, era Tom. Anna alzó las manos, La Farge se apresuró a zarpar. Pero ya era tarde.

De la avenida y por la plaza silenciosa venía un hombre, luego otro, una mujer, dos hombres más, el señor Spaulding, todos corrían. Se detuvieron, perplejos. Miraban por todas partes, queriendo volver porque esto solo podía ser una pesadilla, una locura. Pero siguieron avanzando, dubitativos, deteniéndose, retomando la marcha.

Era demasiado tarde. La noche, el evento había terminado. La Farge retorció la cuerda de amarre entre sus manos. Estaba helado y solo.

La gente alzaba y bajaba los pies a la luz de la luna, avanzando rápidamente, con los ojos abiertos de par en par, hasta que todos, los diez, se detuvieron en el muelle. Miraban furiosos hacia la barca. Gritaban.

—¡No te muevas, La Farge! —Spaulding tenía una pistola.

Y ahora era evidente lo que había pasado. Tom, centelleando por las calles iluminadas por las lunas, solo, adelantando a la gente. Un policía viendo aquella figura correr veloz como un rayo. El policía girando sobre sí mismo, contemplando un rostro, llamando a un nombre, persiguiéndolo. «¡*Usted*, deténgase!». Viendo la cara de un criminal. Por todo el camino lo mismo, aquí hombres, allá mujeres, los guardias nocturnos, pilotos de cohetes espaciales. La figura corriendo, que para ellos significaba todo: todas las identidades, todas las personas, todos los nombres. ¿Con cuántos nombres distintos lo habían llamado en los últimos cinco minutos? ¿Cuántos rostros diferentes se habían formado sobre la cara de Tom, todos errados?

Por todo el camino, los perseguidores y el perseguido, el sueño y los soñadores, la presa y los sabuesos. Por todo el camino, la revelación repentina, el brillo de ojos familiares, el grito de un viejo, viejo nombre, la remembranza de otros tiempos, la muchedumbre multiplicándose. Todos saltando hacia delante mientras que, como una imagen reflejada en diez mil espejos, diez mil ojos, el sueño marchaba, yendo y viniendo, un rostro diferente para los que iban delante, los que venían detrás, los que aún no habían aparecido, los que no se veían.

«Y ahí están todos ahora, por la barca, queriendo su propio sueño, igual que nosotros queremos que sea Tom, no Lavinia, ni William, ni Roger ni cualquier otro —pensó La Farge—. Pero ya se acabó. Esto ha ido demasiado lejos».

—¡Salgan todos de la barca! —ordenó Spaulding.

Tom salió. Spaulding lo agarró por la muñeca.

—Te vienes conmigo. Yo *sé*.

—Espere —dijo el policía—, es mi prisionero. Se llama Dexter, buscado por asesinato.

—No —gemía una mujer—. Es mi marido. ¡Yo conozco a mi marido!

Otras voces objetaban. La multitud se acercó.

La señora La Farge protegió a Tom.

—Este es nuestro hijo. No tienen ningún derecho a acusarlo de nada. ¡Nos vamos a casa ahora mismo!

En cuanto a Tom, estaba temblando y agitándose violentamente. Parecía muy enfermo. La muchedumbre lo envolvió, extendiendo sus manos furiosas, agarrando y exigiendo.

Tom gritó.

Ante todos los ojos, cambió. Era Tom y James y un hombre llamado Switchman, otro llamado Butterfield; era el alcalde del pueblo y una muchacha, Judith; y el esposo William y la esposa Clarisse. Era cera derritiéndose, formándose en sus mentes. La gente gritaba, se abalanzaba, implorando. Él lanzó un alarido, sacudió los brazos, su cara disolviéndose con cada ruego.

—¡Tom! —gritó La Farge.

—¡Alice! —dijo otro.

—¡William!

Le agarraron las muñecas, le dieron vueltas hasta que, con un último grito de horror, se desplomó.

Yacía sobre las piedras, cera derretida enfriándose, su rostro era todos los rostros: un ojo azul, el otro dorado, pelo marrón, rojo, amarillo, negro, una ceja gruesa, la otra delgada, una mano grande, la otra pequeña.

Se inclinaron sobre él y se llevaron las manos a la boca. Se agacharon.

—Está muerto —dijo por fin alguien.

Empezó a llover.

La lluvia cayó sobre la gente y miraron al cielo.

Lentamente, y luego más rápido, empezaron a alejarse y luego comenzaron a correr, desapareciendo de la escena. En un segundo, el lugar quedó desolado. Solo permanecían el señor y la señora La Farge, mirando hacia abajo, tomados de la mano, aterrorizados.

La lluvia caía sobre el rostro irreconocible.

Anna no dijo nada, pero comenzó a llorar.

—Vamos a casa, Anna. No podemos hacer nada.

Se subieron a la barca y navegaron por el canal en la oscuridad. Entraron en su casa y prendieron un pequeño fuego y se calentaron las manos. Se acostaron juntos, fríos y encogidos, oyendo la lluvia sobre el tejado.

—Oye —dijo La Farge a medianoche—. ¿Escuchaste algo?

—Nada. Nada.

—Voy a mirar de todas maneras.

Atravesó a tientas la habitación oscura y esperó junto a la puerta mucho tiempo antes de abrirla.

Abrió la puerta de par en par y miró hacia fuera.

La lluvia caía del cielo negro sobre el patio vacío, sobre el canal y entre las montañas azules.

Esperó cinco minutos y luego, suavemente, con las manos mojadas, cerró la puerta y pasó el cerrojo.

Fotografía de Alan Light

Escribir no es un trabajo

Carmen Diana Dearden

Ray Bradbury amaba los dinosaurios.

Los poemas.

Las metáforas.

Los cuentos.

Las bibliotecas.

Los ensayos.

Y las películas.

Pero sobre todo, amaba escribir.

Nació el 22 de agosto de 1920 en un pueblo de Illinois y murió en 2012 en Los Ángeles, California. Creció rodeado de libros que había en casas de sus familiares y arrullado por historias que contaban sus tíos, y en especial su abuelo, quien también hacía vino con flores de diente de león, título de uno de sus libros más famosos: *Dandelion Wine*. Un cráter de la Luna lleva el nombre de Dandelion en su honor.

«Escribir no es un trabajo», decía, «es un gozo, una pasión, un entusiasmo. Si no sientes eso, dedícate a otra cosa».

«Escribe sobre lo que conoces y te gusta, sobre lo que temes, sobre lo que odias. Escribe lo que te venga a la cabeza. Solo necesitas papel y lápiz».

«Escribe cuentos cortos y no novelas», decía. «Las novelas toman mucho tiempo y te pueden salir mal». Sin embargo,

Fahrenheit 451, una de sus novelas más famosas, la escribió en solo nueve días cuando tenía treinta años.

Bradbury aborrecía las nuevas tecnologías y los programas informáticos, y se negó por mucho tiempo a que *Fahrenheit 451* apareciera en formato de libro electrónico. Bill Gates, a quien conoció, le preguntó una vez si podía asistirlo con alguna necesidad informática que pudiese tener: «Bill», le respondió, «yo no uso Windows».

Empezó a escribir a los doce, y a sus noventa y un años había publicado diez novelas y más de cuatrocientos cuentos y relatos. Escribía todos los días y todos los días leía por lo menos un poema, un cuento corto y un ensayo. Nunca fue a la universidad porque tuvo que trabajar desde muy joven, pero durante años asistió religiosamente tres veces por semana a la biblioteca pública.

Le gustaba mucho el cine. Después de ver *El jorobado de Notre Dame*, fascinado por la película y el personaje, salió de la sala caminando de forma extraña, actuando como él. No imaginaba entonces que algún día trabajaría como guionista. Y que tres de sus historias serían llevadas al cine: *Fahrenheit 451*, *El hombre ilustrado* y *Crónicas marcianas*.

Sus relatos marcianos los escribió poco a poco. Algunos se habían publicado por separado en revistas especializadas entre 1946 y 1950. Con la cuenta bancaria en cero y con una familia que alimentar, consiguió una entrevista con un editor de Nueva York que quedó fascinado con esas historias y le propuso a Bradbury que las juntara (él no publicaba cuentos cortos). Al día siguiente, después de una noche en vela, a la mesa del editor llegaban los cuentos hilados en forma de «novela» y el autor volvía a Illinois con dos adelantos de derechos, el de *Crónicas marcianas*, publicado en 1950, así como el compromiso de *El hombre ilustrado*, que se imprimió un año después.

Crónicas marcianas se convirtió en un clásico de ciencia ficción y es uno de los libros más famosos de Bradbury. Se compone de veinticinco cuentos que pueden leerse como episodios de una historia sobre la colonización del planeta Marte, o de forma independiente, porque cada uno de ellos conserva la entidad como cuento único. De ahí que en esta edición se hayan seleccionado solamente dos; una buena forma de adentrarse en el universo, también único, de este autor.

Estos cuentos los ubicó Bradbury entre enero de 1999 y octubre de 2026. Un tiempo futuro que para nosotros no lo es ya, lo que nos hace sentir todavía más, si cabe, partícipes de estas fascinantes crónicas.

Decía Jorge Luis Borges:

«Bradbury escribe "2004" y sentimos la gravitación, la fatiga, la vasta acumulación del pasado. ¿Qué ha hecho este hombre de Illinois, me pregunto, al cerrar las páginas de su libro, para que episodios de la conquista de otro planeta me llenen de terror y de soledad?».

EDICIONES
ekaré

Edición a cargo de Carmen Diana Dearden
Dirección de arte: Irene Savino

Diseño de la colección: Irene Savino

Traducción: Carmen Diana Dearden

Corrección: Sara Nicolás

Primera edición, marzo 2024

Av. Luis Roche, Edif. Banco del Libro, Altamira Sur. Caracas 1060. Venezuela
C/ Sant Agustí, 6, bajos, 08012 Barcelona. España

www.ekare.com

Título original:
The Third Expedition ❋ *The Martian*

ISBN 978-84-125929-5-5
Depósito legal B. 4362.2024

Impreso en Barcelona por Comgrafic